E. ESPAGNE

L'APOSTAT

(Poëme)

OUVRAGES PARUS DU MÊME AUTEUR :

ÉGLOGUES ET IDYLLES, L'ESQUISSE DE LA NATURE,
LE TRIOMPHE DU CHRIST

BORDEAUX
IMPRIMERIE COMMERCIALE AUG. BORD
RUE DES TREILLES, 24

E. ESPAGNE

L'APOSTAT

(Poëme)

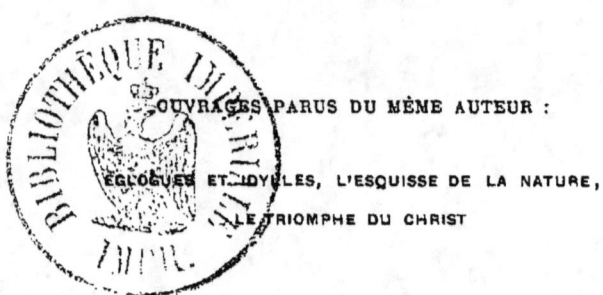

OUVRAGES PARUS DU MÊME AUTEUR :

ÉGLOGUES ET IDYLLES, L'ESQUISSE DE LA NATURE, LE TRIOMPHE DU CHRIST

BORDEAUX
IMPRIMERIE COMMERCIALE AUG. BORD
RUE DES TREILLES, 24
1865

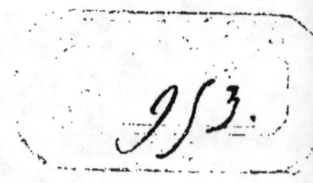

CHERS LECTEURS,

Au moment où les maîtres de la littérature se sont donné le mot pour jeter en pâture à l'avidité des lecteurs leurs vastes élucubrations ; quand les plus importantes publications littéraires absorbent toute l'attention du public, il me faut un grand courage, une témérité sans égale pour oser livrer à la publicité cet opuscule, fruit de mes rares loisirs ; pour oser m'aventurer dans une voie si fertile en écueils de toutes sortes, moi, sinon inconnu, du moins presque ignoré

Mais je compte sur le concours de mes concitoyens. Ils ont appuyé mes premiers pas dans la carrière ; ils m'ont ouvert la route par l'accueil favorable qu'ils ont fait à mes premiers essais : quelles raisons auraient-ils de me forcer à m'arrêter en chemin, par leur indifférence ?

On se rend toujours aux caprices d'un enfant gâté. Je suis le leur ; ils ne pourront se dispenser de jeter un regard sur le présent que je leur offre. Ils me sauront gré d'avoir, malgré les graves soucis, les préoccupations quotidiennes de l'existence, créé des riens qui ressemblent à quelque chose, si j'ai réussi à leur procurer quelques instants de distraction, d'agrément.

Enhardi par ces espérances flatteuses, je me recommande à mes protecteurs qui ont déjà bien des droits à ma reconnaissance, et je me livre pieds et poings liés à mes juges, dont j'ai fait tout mon possible pour mériter l'indulgence, pour m'attirer les bonnes grâces.

L'APOSTAT

—

Enfant des riches monts de la vieille Ibérie,
Je n'avais pas vingt ans, quand le César français,
Remplissant l'univers du bruit de ses succès,
Me fit quitter le toit d'une mère chérie.
Ma mère me disait, la veille : « Écoute enfant :
« Savant dans l'art cruel, qu'on appelle : la Guerre,
« Le peuple qui t'enrôle est partout triomphant;
« Partout, ses ennemis respectent sa bannière;
« Tous les peuples ont vu ses valeureux soldats,
« Prodigues de leur sang, jaloux de la victoire,
« Prouver par leur courage au milieu des combats
« Ce que vaut un Français qui combat pour la gloire;
« Qui combat pour défendre ou venger son pays.
« Mais ces Français, vainqueurs de tous leurs ennemis,
« Si grands, si courageux, si forts dans la bataille;
« Se riant des dangers, bravant boulets, mitraille;
« Dans le repos des camps, ces Français ne sont plus
« Que des hommes enclins à toutes les bassesses :
« N'ayant nul autre frein que leurs cœurs éperdus,
« Tu les verras passer par toutes les faiblesses :
« Les folles passions, les plaisirs, les maîtresses,

« Sont les seuls ennemis qu'ils n'aient jamais vaincus.
« Pourtant, beaucoup d'entre eux, à leurs devoirs fidèles,
« Songent qu'ils sont chrétiens, qu'il est un Dieu vengeur,
« Réservant aux méchants des peines éternelles,
« Offrant à l'homme juste un éternel bonheur.
« Ainsi que mes conseils, enfant, suis leur exemple :
« On peut adorer Dieu sans être dans son temple,
« Et l'on trouve, à l'aimer, la douce paix du cœur.
« Un soldat, qui le craint, le sert et le révère,
« Affronte sans pâlir les horreurs de la guerre;
« Il reste calme et froid au milieu du danger;
« La mort même n'a rien qui puisse l'effrayer;
« Mais l'homme sensuel, le libertin, l'impie,
« Volant de fleur en fleur, de plaisir en plaisir,
« Ne trouvent que remords, stérile repentir,
« Quand plane sur leurs fronts la vieillesse ennemie;
« Et quand la pâle mort vient pour les avertir
« Que de leurs jours comptés la durée est finie;
« Que pour un autre monde il est temps de partir;
« Ils tremblent : c'est l'enfer qui va les engloutir!

« Mon cher enfant, crois-moi, sois toujours bon et sage;
« Ne reconnais jamais d'autre Dieu que le tien;
« Sois ferme dans ta foi, tu braveras l'orage :
« La vertu n'a jamais affaibli le courage :
« On peut être héros et demeurer chrétien.
« Adieu! je te bénis. »

Ainsi parla ma mère.
Et moi, le cœur ému, tombant à ses genoux :
« Sur la croix de mon Dieu, je jure devant vous,
« Répartis-je avec feu, d'être chrétien sincère;
« Le Dieu qui me créa de ne jamais trahir;
« Aux devoirs de l'honneur de ne jamais faillir.
« J'éloignerai de moi toute impudique flamme;
« Jamais le noir venin du monde et de ses cours
« Ne troublera mon cœur, ne souillera mon âme;
« Je ne connaîtrai point les perfides amours.
« Mère, un dernier adieu. »
Le lendemain, la plaine,
Sur l'émail de ses fleurs, vit l'agile paysan,
Le joyeux Andalous et le fier Castillan
Parler avec chaleur de la plage africaine.
Les tambours, les clairons, résonnaient alentour;
Et les jeunes conscrits, joyeux, pleins de courage,
Mêlaient aux chants guerriers leurs plus doux chants d'a-
Le jour d'après, nos yeux distinguaient le rivage; [mour.
Et quelques jours plus tard, sous un ciel sans nuage,
Notre escadre cinglait vers les feux du Levant :
Elle fendait les flots d'une course rapide,
Tout nous était propice, et la mer et le vent.
Le soleil se mirait dans la plaine liquide,
L'onde capricieuse écoutait, des marins,
Les ris, les gais propos et les joyeux refrains.
Hélas! combien d'entre eux allaient perdre la vie!

Moi, j'allais rencontrer la honte et l'infamie.

O mer! quand le soleil, de ses rayons dorés,
Va percer le cristal de tes flots azurés;
Qu'au miroir de tes eaux se reflète l'image
De cet astre, roulant sous un ciel sans nuage;
Lorsque ton sein mouvant s'endort silencieux,
O mer! que belle, alors, tu parais à nos yeux!
Et telle était la mer, quand nous nous embarquâmes,
Durant la traversée, et quand nous arrivâmes.

Ah! mon rêve d'espoir fut vite évanoui!
Ce fut de Trafalgar au désastre inouï.
Je formais le dessein de m'enfuir de l'armée.
Envieux de la gloire et de la renommée:
J'étais heureux et fier d'être sous les drapeaux;
Mais je m'étais troublé par des soins tout nouveaux.
J'avais de mon pays laissé les douces joies,
Et j'allais m'engager dans de plus folles voies.
Je partis une nuit, sans guide, sans appui,
Dans le fatal projet de me rendre en Syrie;
Mais, à peine deux jours sur ma tête avaient lui
Que, sur moi se jetant, une troupe en furie
Me prit, et m'emmena captif en Arabie.
« Moi, qui me promettais un si bel avenir,
« Sur ces sables brûlants, me faudra-t-il mourir!
« Traîner toute ma vie un pénible esclavage!

« O ma mère! » Et des pleurs coulaient sur mon visage;
Mes tourments me semblaient encore plus amers :
« Je ne t'aurai quittée, et traversé les mers,
« Que pour faire à ton cœur la plus grande blessure!
« Mère! pardonne-moi, ton absence m'est dure :
« Vois! je pleure! Mon Dieu!... »
Deux mois étaient passés,
Deux mois, de mes sueurs, de mes pleurs arrosés;
Je dus changer de lieu, d'esclavage et de maître;
Le Gange, sur ses bords, me voyait apparaître.
Là, je vais devenir le plus ingrat des fils,
Le plus vil des mortels. Mon Dieu, tu l'as permis!

On me livre au pouvoir d'un maître sanguinaire :
C'est un brahmine ardent, sacré dépositaire
Du secret de ses Dieux, qu'il vénère entre tout.
Je regarde cet homme avec mépris, dégoût.
Il me regarde aussi, mais son regard m'accable.
Je ne pressens en lui qu'un tyran implacable.
Il devine mon cœur; une feinte bonté
Remplaçant dans sa voix un ton d'autorité :
« Esclave! me dit-il, de tout ce qui te touche
« Je voudrais être instruit; le puis-je par ta bouche? »

Après avoir d'abord un instant hésité
Je satisfis enfin sa curiosité.
Il parut réfléchir, puis rompant le silence :

« Il me faut un ami, me dit-il, et je pense
« Qu'un pareil titre offert est de suite accepté,
« Quand c'est à mon captif que je l'ai présenté.
« Oui, je brise tes fers : mais il faut reconnaître
« Les dieux que nous servons, et qu'adore ton maître.
« Mon amitié, vois-tu, c'est la clé des honneurs;
« Le chemin assuré de toutes les grandeurs;
« Je te l'offre.

— Je suis touché de vos paroles,
« Mon maître, mais vos dieux sont de vaines idoles.
« Seul, celui que je sers est digne d'être aimé;
« C'est le seul Dieu : de tous il veut être adoré.

« — Il se peut qu'il soit Dieu, mais, je te dis encore,
« Sans reconnaître ceux que moi-même j'adore,
« Jamais tu ne pourras t'élever jusqu'à moi;
« Le chemin des honneurs est fermé devant toi;
« A ta captivité plus de terme possible.
« Au désir d'être libre, heureux, es-tu sensible ?
« Tu vas l'être. Et sois sûr qu'avec mon amitié
« Tu trouveras la gloire et la félicité.
« C'est à toi de choisir; c'est à toi de répondre.

« — Vos offres, ô mon maître, auraient pu me confondre,
« Si les noms, exécrés, de vos infâmes dieux
« Ne me faisaient trouver vos présents odieux;
« Et j'aime mieux traîner un pénible esclavage.... »

A ces mots, il changea de voix et de visage :
« Chrétien ! la mort t'attend, si tu ne m'obéis ;
« Si tu ne jures haine au Dieu de ton pays.

« — Moi, renier mon Dieu, pour conserver ma vie !
« Moi ! racheter mes jours par une perfidie !
« Jamais !
» — Songes-y bien ! il en est temps encor :
« D'un côté, les grandeurs ; et de l'autre, la mort !

« — Les grandeurs ! à mes pieds, je les foule et les brise :
« La mort sera ma vie, aussi je la méprise ;
« Je confesse mon Dieu.
— « Tu vas t'en repentir.
« Du plus affreux cachot, dans la nuit éternelle,
« Nous verrons, si ton Dieu protège le rebelle ;
« Qui, du Christ ou de moi, nous ferons obéir. »
Un rire affreux suivit cet odieux blasphème.
« Viens, mon prince, suis-moi, je veux aller moi-même
« T'ouvrir de ton palais le portique doré ;
« De ses riants tableaux la mort l'a décoré ;
« Tu l'y verras bientôt, fit-il d'une voix sombre.
« La vie, ici, s'enfuit aussi vite que l'ombre. »
Il s'arrête : à ses pieds, dépose son flambeau.
Une porte de fer est devant nous. Il l'ouvre.
Des sueurs de la mort, mon être entier se couvre :

Car je me sens rouler dans un affreux tombeau.
Je cherche vainement à percer les ténèbres;
Je ne vois rien! Je tâte : et, des parois funèbres,
Des bancs de fer, de marbre, aux alentours placés;
D'horribles ossements sur le sol entassés;
C'est tout ce que je trouve en ce séjour de larmes.
Ah! ce ne furent là que mes moindres alarmes.
La faim, l'horrible faim, vient bientôt m'assaillir.
Un sinistre penser m'avait fait tressaillir :
« S'il allait me priver de toute nourriture!
« Oh! non. Les lois du cœur, celles de la nature....
« Mais tous ces ossements!... Pitié! pitié! mon Dieu! »
J'entends un léger bruit. « Ah! qui vient en ce lieu? »
Espérant et craignant, je m'avance, j'écoute :
Sur la dalle, c'est l'eau qui tombe, goutte à goutte.
Je reste anéanti. « Mon Dieu, fais-moi mourir!
« O mort! cruelle mort! viens donc me secourir! »
Et l'écho seul répond à mes plaintes amères.
Ah! quel feu bienfaisant vient clore mes paupières?
Le sommeil!... Où dormir?... Sur ce marbre glacé!...
« Dieu n'est donc plus! — Pardon! de t'avoir offensé,
« Mais j'ai froid! — mais j'ai faim! — mais le sommeil [m'accable! »
Et je ronge mes poings. La faim est implacable.
L'illusion se montre à mes sens égarés;
Je plonge dans la nuit des regards effarés
Et je crois voir... des mets!... Vision fantastique!

Je cours pour assouvir ma rage famélique :
Sur des crânes humains je tombe avec fureur !
Je rugis d'épouvante, et recule d'horreur.
Je me calme. « Espérons ! Ce soir, demain, sans doute...
« J'ose compter les jours sous cette sombre voûte !...
« Mais il n'est point de temps, ici : toujours la nuit !
« Sais-je quand le jour vient ? Sais-je quand le jour fuit ! »
J'invoque Dieu, mais Dieu semble ne plus m'entendre.
D'un noir pressentiment je ne puis me défendre :
Je dois mourir de faim... ou bien le renier !
« Dois-je vivre ? mourir ? dois-je apostasier ?
« Moi ! renier mon Dieu ? Criminelle pensée !
« Oh ! mais l'horrible faim ! mourir ! plainte insensée !...
« Encore si quelqu'un daignait venir me voir ! »
Et je pleure... et mon cœur sent renaître l'espoir.
Je pars, je cours, je vole à la porte massive ;
Je pousse un cri, je frappe. O bonheur ! on arrive ;
La porte, sur ses gonds, pivote sourdement :
Un homme, un ange, un Dieu paraît en ce moment.

« Esclave ! si tu sors, tu meurs ! m'a dit le maître ;
« Pourtant je suis venu. Si tu veux me promettre
« Pour adorer les siens, de renier ton Dieu ;
« Quand je t'aurai tiré de cette infâme lieu ;
« Captif, mange à ta faim, prends cette nourriture,
« Sinon, tu vas mourir de la mort la plus dure.
« Oui ?... Non ?... Dépêche-toi ? Réponds !... Qu'as-tu [choisi ?
« — La mort !

« — Eh bien! meurs donc! »

Je m'élance sur lui.

Tentative inutile : il a prévu la lutte,
Son bras m'a repoussé. j'ai dû faire une chute.
Une autre fois la porte a roulé sur ses gonds;
Ses pas se sont perdus dans des échos profonds.

Me voici seul encor. Le plus affreux délire,
S'empare de mes sens, me brûle, me déchire.
Je rugis. Je m'épuise en terribles efforts;
Sur le marbre glacé, je me roule et me tords;
Et je grince des dents, et j'écume de rage;
Je déchire ma chair, je meurtris mon visage;
Je veux me soulever : haletant, épuisé,
Je retombe d'abord, le corps rompu, brisé.
« Sans doute ce cachot va devenir ma tombe!
« Quel sort affreux, mon Dieu! Mon Dieu! Secourez-moi.
« Bonheur! je me souviens : l'eau, sur la dalle tombe. »
En me traînant, j'arrive auprès de la paroi.

Avec avidité, je bus cette eau salie,
Et cette eau me rendit le courage et la vie.
J'oubliai mes tourments et l'horreur de ces lieux;
Je dus même au sommeil laisser aller mes yeux; [semble.
Oui... je dormis... longtemps, bien longtemps, ce me
Ah! pourquoi ce sommeil ne fut point mon dernier!
Je me réveille enfin; mais j'ai froid, mais je tremble :

Je ne sens plus le banc qui me sert d'oreiller.
Mon corps est tout meurtri, mon âme est abattue;
Pour comble de douleur, l'horrible faim me tue.
« La porte est près de moi, si l'on venait l'ouvrir!
« Hélas! non. Le barbare! il m'a dit de mourir! »

J'appelle : rien... Je frappe : aucun bruit ne s'avance,
J'appelle et frappe encor : toujours même silence.
« C'en est donc fait, mon Dieu! Je dois mourir ici!
« Et quelle mort, ô ciel! »
La fièvre m'a saisi :
Mille objets dégoûtants, affreux, épouvantables;
Mille monstres divers, des démons effroyables,
Fantômes furieux et spectres décharnés;
Et d'horribles serpents, sur mon corps acharnés,
Me dévorent le sein, le cœur et les entrailles,
Je sens percer leurs dents, leurs ongles, leurs tenailles;
Je veux fuir : impossible... Et je ne puis crier...
Je m'étouffe : la voix s'arrête à mon gosier.
Le sang remplit mes yeux, mes oreilles, ma bouche.
Les cheveux hérissés, l'œil hagard et farouche,
Je tombe en rugissant sur mes membres souillés,
Et je ronge... les os qui gisent à mes pieds!...
Soudain je me redresse, et d'effroi je recule :
Malgré le mal affreux qui m'étreint et me brûle,
J'ai senti tout mon sang refluer vers mon cœur
A l'ignoble contact de ces objets d'horreur.

Le désespoir revient et ma bouche blasphème :
« Non, Dieu n'existe point : ou Dieu n'est plus le même;
« Quand je souffre pour lui, vient-il me secourir? »
J'entends un bruit de pas : je retiens mon haleine.
Est-ce un songe, une erreur, une espérance vaine?
Non, non; je suis sauvé : la porte on vient d'ouvrir.
Indicible bonheur! Mais trop de joie accable :
Je ne puis faire un pas : et l'homme abominable,
Mon ignoble gardien, mon féroce bourreau,
Reste impassible et froid, au seuil de mon tombeau.
Il parle : « Écoute-moi. Si tu veux te soumettre
« Aux lois de la raison, aux ordres de mon maître,
« Si tu veux adorer nos dieux. Entends-tu bien!
« Tu vivras. Le veux-tu? Que m'en dis-tu, chrétien? »
— J'ai faim! fut le seul mot que poussa la nature.
Cet homme allait s'enfuir! âme féroce et dure!
« Et bien, oui, » Par ces mots, je reniai mon Dieu.
Il m'emporte à l'instant de ce sinistre lieu;
Il marche, et j'aperçois le ciel et la lumière,
Mais leur éclat, trop vif, fatigue ma paupière :
« Ah! je me sens mourir!

« — Courage, encore un pas.

« Voici, fit-il, entrons! » Et je ne mourus pas.
Il m'avait délivré de ma triste agonie
Pour me faire présent d'une plus triste vie.
On m'étend mollement sur un lit somptueux;
Je suis l'objet des soins les plus affectueux;

Et le souffle revient réanimer mon être.
Je succombe au sommeil...
Le lendemain, mon maître
Était, à mon réveil, à deux pas de mon lit,
Rampant, obséquieux; s'avançant, il me dit :
« L'aurore de demain pour toi sera brillante;
« Tu ne sentiras plus ta poitrine brûlante;
« Le cruel souvenir des maux que tu souffris...
« S'effacera bientôt, dans les jeux et les ris;
« Ces tourments, il est vrai, pourraient se reproduire,
« S'il en était besoin encor, pour te réduire;
« Mais j'aime mieux penser qu'ils seraient superflus,
« Puisqu'ils t'ont rendu sage. Allons n'en parlons plus.
« Tu reconnais nos dieux, et cela sans contrainte;
« La raison a tout fait bien plutôt que la crainte.
« N'est-ce pas? dans l'horreur du sinistre séjour,
« Où tu pensais mourir, il fait à peine un jour,
« N'est-ce pas, tu cherchais un Dieu, le tien, sans doute?
« Dans la profonde horreur de cette sombre voûte,
« Quand tu respirais l'air de ce séjour étroit,
« Que tes membres roidis luttaient contre le froid,
« N'est-il pas vrai, qu'alors, dans ta douleur extrême,
« Tu priais, avec foi, ton Dieu, l'Être-Suprême?
« Mais, dis-le-moi, le Christ, ce dieu que tu servais,
« Le Christ est-il venu, lorsque tu l'invoquais?
« Désespoir! l'écho seul, semblait ouïr tes plaintes;
« Le froid renouvelait ses mortelles étreintes;

« Accablé de sommeil, tu ne pouvais dormir;
« Et quand l'horrible faim se faisait ressentir,
« Le Christ est-il venu visiter ta demeure?
« Brahma, pourtant, disait : « Il ne faut pas qu'il meure! »
« Il voulait à tout prix t'attacher à sa foi,
« Il inspirait mon cœur : J'aurais volé vers toi,
« Mais le pouvais-je? Oh! non, car je suis trop *sensible*.
« Quand de te protéger il me paraît possible,
« Que fais-je alors? De l'eau coule... je verse encor,
« L'eau te garde la vie, aux portes de la mort. »

Chaque mot qui sortait de cette bouche impure
Savait faire à mon cœur l'effet d'une morsure.
Les supplices affreux que j'avais endurés
Il les reproduisait par des coups assurés :
Il parlait de sommeil, de faim, de froid, de larmes,
Me retraçant ainsi mes tourments, mes alarmes.
Comme il allait chercher d'insidieux détours!
Quelle adresse infernale au fond de son discours!
Ce discours ridicule, atroce autant qu'impie,
C'était bien des enfers la cruelle ironie
Sur mes sens affaiblis tombant de tout son poids.
Je voulais répliquer; je n'avais que la voix.
« De ma religion, et de mes dieux ensemble,
« Poursuivit-il enfin; dis-moi ce qu'il te semble?
« — Au nom de vos faux dieux, vous me faisiez souffrir.
« — Soit. Mais, dis-moi, le tien t'a-t-il pu secourir?

« — Je connais de mon Dieu la puissance suprême
« Et de ce Dieu d'amour, la patience extrême :
« S'il frappe ses enfants, c'est pour les éprouver ;
« Il n'abaisse le bon que pour mieux l'élever.
« Mais de ce Dieu jaloux terrible est la colère !
« S'il laisse triompher le méchant sur la terre ;
« C'est que ce Dieu puissant, maître de l'avenir,
« Dans son éternité, saura bien le punir ;
« Et Dieu me promettait une éternelle gloire,
« Si j'avais jusqu'au bout poursuivi la victoire.
« — En es-tu sûr ? — Oh ! oui ! — Tu veux rester chrétien ?...
« Je me tais. — Qu'en dis-tu ? Prends garde ! Songe bien... »
Et je frémis. — J'eus peur... et je devins parjure,
Car je fis le serment qu'il exigeait de moi.
« Pardon, mon Dieu ! pardon, d'avoir trahi ma foi.
« Reçois mon repentir. Pitié ! je t'en conjure. »

Dès lors, je n'ai dû voir en mon persécuteur
Qu'un ami dévoué, qu'un zélé protecteur ;
Il m'accablait de soins, me comblait de tendresse ;
Me parlait d'avenir, de gloire, de richesse.
Je serai, disait-il, ministre de ses dieux ;
Et quand je soupirais à leurs noms odieux,
Espérant que le temps, son zèle, sa constance,
La raison, disait-il, vaincrait ma résistance,
A croire en ses erreurs, il changeait de discours ;
Mais sur le même point il revenait toujours.

A la fin, obsédé de sa persévérance,
Je feignis en ses dieux une entière croyance.
Fier d'avoir obtenu cet apparent succès,
Son amitié pour moi fut portée à l'excès ;
Il ne respirait plus que de ma propre vie.
Sans le remords cruel de mon apostasie,
Je crois que j'aurais pu goûter quelque bonheur...
Mais le temps, qui détruit les souvenirs du cœur,
Le temps effaçant tout, dans sa marche rapide,
L'étouffa, ce remords, dans mon âme perfide :
De mon crime, je n'eus qu'un léger souvenir,
Et mon cœur fut fermé, dès lors, au repentir.
Mais je devais plus loin pousser ma perfidie :
J'allais mettre le comble à ma coupable vie.

Un certain jour, mon maître accourut tout joyeux :
« L'avenir te sourit, me dit-il radieux.
« Digne enfant de Brahma ! viens nous montrer ton zèle,
« Au sacré sacerdoce, un peuple entier t'appelle.
« C'est la pourpre qu'il t'offre : oses-tu l'accepter?
« Il t'offre sa faveur : veux-tu la rejeter?
« Sur les bords enchanteurs arrosés par le Gange,
« A défendre nos dieux un bonheur sans mélange,
« Et du pontificat la haute dignité,
« Seront les justes prix de ta fidélité.
« Tu les as reconnus : viens prouver qu'ils existent.
« A t'avoir pour leur chef tous nos prêtres insistent. »

Folle aberration d'un esprit insensé!
Aveuglement d'un cœur par l'erreur devancé!
En abjurant le Christ jamais je n'osais croire
Que de son souvenir je perdrais la mémoire :
La crainte des tourments, seule, me retenait
Au service des dieux, dont on m'environnait.
Leurs mystères secrets et leurs cérémonies,
M'étais-je dit, ne sont que ruses, singeries;
Leurs prêtres, affichant de croire en leurs erreurs,
Sont eux-mêmes dupés, ou sont des imposteurs.
Et bien, dès que l'on vint m'offrir le sacerdoce,
Cette religion je ne trouvai plus fausse.
Soit crainte, aveuglement; soit espoir d'avenir;
Soit que Dieu de mon crime ait voulu me punir,
Je fus le défenseur des erreurs les plus folles.
De ces dieux mensongers, de ces viles idoles,
J'apportais plus de zèle à défendre les lois
Qu'aux douces lois du Christ je n'en mis autrefois.
Quand j'étais exalté par mon zèle farouche,
Des paroles de feu s'échappaient de ma bouche;
De crainte, de respect, tous les fronts s'inclinaient.
Les prêtres, de m'entendre, eux-mêmes s'étonnaient;
Maniant les ressorts d'une vaste éloquence,
Je semais à mon gré la crainte ou l'espérance.
Le vulgaire ignorant, moins coupable que moi,
Le vulgaire, naïf et simple dans sa foi,

S'en allait convaincu, cherchant dans mes paroles
Des sens mystérieux, des leçons, des symboles.
Et moi, me dérobant aux éloges menteurs,
Aux hommages servils de mes adulateurs,
Je regagnais, alors, ma paisible retraite.
Là, la nuit arrivait, cette nuit si bien faite
Pour soulager le cœur des contraintes du jour;
La nuit, si douce aux bons, si terrible en retour
A l'homme malheureux que le remords opprime;
Froide, à l'infortuné qui croupit dans le crime.

Là, seul, je me disais : « J'ai besoin du passé
« Pour retremper mon cœur. » Mon cœur était blasé;
Mes plus chers souvenirs, ma mère, ma patrie,
Rien ne raisonnait plus dans mon âme flétrie;
Rien ne touchait mon cœur, ne pouvait l'attendrir.
Ces trois mots : le *passé*, le *présent*, l'*avenir*,
Où le cœur et l'esprit trouvent tant de ressources,
Ces mots d'émotions intarisables sources,
Ces trois mots si précis, j'interrogeais en vain :
Le passé, me disais-je, est le moins incertain,
De ce temps qui n'est plus, retraçons-nous l'image.
Les rires, les doux jeux, les plaisirs du jeune âge :
J'entends les montagnards chanter leurs chants d'amour,
Ou, sur le vert gazon, au déclin d'un beau jour,
Je les vois se livrer à leurs danses joyeuses;
Je vois... Le soir étend ses ombres vaporeuses,

Et derrière les monts s'obscurcit le soleil;
Tout se disperse et va se livrer au sommeil.
Puis l'aurore renaît : je vois ma bonne mère ;
Comme je suis heureux! C'est qu'elle m'est bien chère!
Oh! mais je vois des pleurs briller dans son regard!
« Mère! pourquoi ces pleurs?
— Fils! pourquoi ce départ?
« — Elle sait tout, mon Dieu!... Mère tu me pardonnes?
« — Te pardonner, enfant! Et toi, tu m'abandonnes?
« — Je reviendrai bientôt.
— « Ah! Dieu le veuille ainsi. »
Et je pars... Elle pense, elle pleure, elle aussi.
Ces souvenirs sacrés font à mon cœur de marbre,
Ce qu'un léger zéphir fait aux feuilles d'un arbre.
Le passé... c'est un mot, mais un mot sans valeur,
Car il ne peut offrir rien de doux à mon cœur.

Mais le présent est beau! les grandeurs m'environnent;
La gloire et la faveur à l'envi me couronnent;
Je suis riche, puissant et de tous révéré;
Si j'osais dire un mot je serais adoré;
On doit me croire heureux. Ah! pourtant je soupire.
Que me manque-t-il donc? Qu'est-ce que je désire?
Hélas! je ne le sais! Quoi! tandis qu'aujourd'hui
Tout jalouse ma gloire, ou brigue mon appui,
Je ne puis au présent rendre le moindre hommage!
Voyons si l'avenir obtiendra davantage.

Sous les lambris dorés d'un palais somptueux,
Contemplez ce mortel, au front majestueux,
Qu'environnent le faste et la magnificence.
Il parle : Voyez-vous s'incliner en silence
Ces vénérables fronts que l'âge a respectés ?
Ces prêtres opulents, debouts à ses côtés?
Quel est-il, ce mortel? Vous allez le connaître :
Le cercle qui l'entoure a dit : « C'est le Grand-Prêtre! »
Voyez-vous tout ce peuple à ses pieds s'assembler?
D'un saint frémissement le sentez-vous trembler?
Le Grand-Prêtre a parlé : ce peuple fanatique,
Dans le transport subit d'un zèle frénétique,
Avide d'un martyre absurde; radieux
Court se précipiter sous le char de ses dieux.
Le pontife, jaloux de sa toute-puissance,
Et voulant ménager sa fatale influence,
Fait un geste à la foule, et l'arrête en disant
« Les dieux, pour aujourd'hui, ne veulent plus de sang. »
Et ce troupeau, docile à la voix de son maître,
Se disperse, s'enfuit, se hâte à disparaître.
Comme un soleil, brillant à l'horizon lointain,
L'avenir m'a paru, mais il est incertain.

En ce temps, chaque jour, dès l'aurore naissante,
Je sortais respirer la fraîcheur bienfaisante
De l'air pur du matin, sous le ciel le plus doux.

Jusqu'aux bords enchanteurs, sacrés pour les Indous,
Jusqu'au Gange, roulant son onde salutaire,
Je poussais quelquefois ma marche solitaire;
Jusques au Gange, où croit la superstition,
Trouver à tous péchés pleine rémission.
Là, je restais muet, assis près de la rive,
Souvent jusqu'au grand jour, et l'oreille attentive;
Ou bien j'allais chercher quelque endroit plus secret
Pour me mettre à l'abri de tout œil indiscret.
Craignant les envieux, et leur jalouse haine,
J'enfermais dans mon sein un poignard dans sa gaîne,
Et je marchais sans peur....
Un jour, j'étais ému,
Je sentais en mon cœur naître un trouble inconnu;
De noirs pressentiments attristaient ma pensée,
De longs soupirs brisaient ma poitrine oppressée.
Moi, si calme, si froid d'habitude, pourquoi
Éprouvais-je en ce jour cette sorte d'effroi?
Hélas! je ne pouvais en soupçonner la cause.
A retourner chez moi, d'abord, je me propose,
Lorsque je m'aperçois que, malgré tout mon soin
A ne point m'écarter, j'étais allé bien loin.
Que faire alors! J'avance, et, sans me rendre compte
Du trouble de mon cœur, de mon dessein; je monte.
Je me trouve bientôt entouré de maisons,
D'un orgue harmonieux, j'entends vibrer les sons,
J'entends un chœur de voix partir d'un édifice :

C'est un temple chrétien. Je me sens émouvoir.
Le démon me disait : « Avance, tu vas voir.... »
Et j'avance, et je vois, quoi? le saint sacrifice
Offert par un vieillard, aux cheveux tout blanchis.
L'autel est à dix pas : je les aurais franchis,
Car j'ai senti mon cœur s'enflammer de colère,
Au redoutable aspect de ce sacré mystère;
Mais tout le peuple est là, qui, dans sa sainte ardeur,
S'opposerait, bien sûr, à tout profanateur.

Je me mets à l'écart : Les offices s'achèvent;
Le prêtre a disparu : les fidèles se lèvent;
Une minute après, le saint temple est désert.
Mon cœur est enivré des fureurs de l'enfer.
Comme un vrai forcené, tout à coup, je m'élance
La rage dans le cœur, l'œil fumant de vengeance.
Armé de mon poignard, j'entre dans le saint lieu,
Je cours plein de colère, et, dans mon zèle impie
Jusque sur son autel, je vais braver un Dieu.
De trois coups de poignard j'osai frapper l'hostie :
Ma sacrilége main pourtant ne tremblait pas.
« Christ, dis-je en fureur, viens! tu dois venger ta gloire.
« S'il est vrai qu'à ton gré tu sèmes le trépas,
« Sur les dieux que je sers remporte la victoire;
« Sur leur prêtre sacré, leur ardent zélateur,
« Viens! prouve en le frappant le néant de leur culte,
« Sinon, tu n'es point Dieu; tu n'es qu'un imposteur :

« Car un Dieu peut toujours se venger d'une insulte.
« Tiens encore une fois tu vas être bravé. »
Alors, armant mes bras d'un zèle fanatique,
J'ai pris le tabernacle,... et mes pieds l'ont brisé.

Quelle fut ma frayeur! La voûte, le portique
S'ébranlèrent soudain, car la terre trembla.
Alors, au même instant, on entendit la foudre :
Sous ses coups redoublés, le saint lieu s'écroula.
Tout fut à mes côtés détruit, réduit en poudre;
Moi seul, terrifié, j'étais demeuré là.

Je restai quelque temps auprès de ces décombres.
Enfin, dès que le soir eut répandu ses ombres,
Le remords dans le cœur, je remerciai Dieu,
Et m'éloignai tremblant de ce funeste lieu.

Du prêtre desservant, je savais la demeure,
Mon cœur le demandait, je m'y rendis sur l'heure.
Je trouvai le vieillard pleurant, agenouillé.
Essuyant de sa main son visage mouillé :
« Avancez! mon cher fils. Qu'avez-vous à m'apprendre?
« Me dit-il. Vous pleurez! Ah! je crois vous comprendre.
« — Hélas! lui répondis-je, en tombant à genoux,
« Ministre du Dieu saint, me pardonnerez-vous?
« — Parlez, mon fils, parlez.
« — Oui, car je veux vous faire

« De mes crimes affreux l'aveu le plus sincère.
« — Je vous écoute. »
Il fit le signe de la croix.
Alors je commençai les larmes dans la voix.
Dès que j'eus terminé : « Mon fils, me dit le prêtre,
« Votre crime est bien grand ; mais le souverain maître,
« Ce Dieu que vous avez trahi, voit votre cœur ;
« Et ce Dieu, sur la croix, mourut pour le pêcheur.
« S'il n'a point fait sur vous éclater sa colère, —
« C'est qu'il veut vous sauver.
« — Vous le croyez, mon père ?
« Oh ! je veux réparer mon crime avec éclat,
« A ces dieux mensongers, je veux livrer combat,
« Oui je renverserai ces idoles impures,
« Et, dussé-je mourir dans d'affreuses tortures,
« Leur règne finira.... »
Le saint homme reprit :
« Qui cherche le danger dans le danger périt. »
« Nous a dit l'Esprit-Saint. Méditez ses paroles.
« Renoncez à jamais à vos vaines idoles,
« Mais n'allez pas plus loin : ce serait tenter Dieu.
« — Mon père ! il faut au moins restaurer le saint lieu,
« Je puis m'en occuper, voulez-vous le permettre ?
« — J'approuve ce dessein, me répondit le prêtre ;
« Allez ! mon fils, allez ! Surtout, soyez prudent,
« Et revenez bientôt. » Je partis à l'instant,
Et, la nuit, je revins emportant mes richesses.

Je fis aux malheureux de nombreuses largesses.
Le saint temple à mon gré fut bientôt rétabli.
Aussitôt ce désir de mon cœur accompli,
Je quittai les douceurs de l'humble presbytère,
Et j'habite depuis cet heureux coin de terre.

PAQUERETTES

—

NE JUGEZ PAS DES GENS
SUR L'APPARENCE

—

Jacquet, un singe extra-malin
Et fort sage, conçut la docte fantaisie
De détruire une maladie,
Dont presque tout le genre humain
Est atteint ;
Celle qui naît de la manie
D'attacher à l'habit la valeur du prochain.
Or, se réveillant un matin
Aux premières lueurs de l'aube,
Il choisit dans la garde-robe
De riches vêtements, des bijoux précieux

Dont il s'affubla pour le mieux ;
A part lui se disant : « Il faudra qu'on la gobe. »
Après s'être ainsi déguisé,
Son faux toupet très-bien frisé,
Et son menton de frais rasé,
Pimpant d'or et de pierreries,
Pincé, poudré, fardé, musqué,
Son chapeau castor de côté,
. Ses pieds dans des bottes vernies,
Gants petit jaune et canne à pomme d'or,
Vous l'eussiez pris pour un mylord.
Il courut ainsi par la ville,
Mais sans parler : pour singe habile
La parole est plus qu'inutile.
Après avoir fait cent détours,
Il avait ouï maints discours.
Il s'arrêta sur la place publique.
Là, chacun sur lui devisait,
Et disait
Avec le ton tranchant de l'empirique :
C'est un savant, c'est un docteur,
Un ministre, un ambassadeur....
« Messieurs ! fit-il alors, en découvrant sa tête,
« Vous vous trompez ! voyez ! je ne suis qu'une *bête !* »

L'AMOUR EST UN CHIEN

On a trop parlé de l'Amour,
Pour en dire encor rien qui vaille;
Cependant toujours on travaille
A mettre sa nature à jour.
Les uns en disent : C'est un traître,
C'est un tyran, un vaurien;
Les autres que c'est un doux maître,
Moi, si vous voulez le permettre,
Je vous dirai que, c'est un chien.
J'entends : chacun de vous s'écrie :
« Qu'est-ce donc qu'il nous chante-là?
« Quelle est son étrange manie?
« Comment prouvera-t-il cela? »
Messieurs, avant que de m'entendre,
Daignez ne point crier si fort;
Car si vous me laissez m'étendre,
Me défendre,
Vous verrez que je n'ai point tort.
Pour juge je vous prends, Lisette;
Pour mes preuves, je prends, Lindor,
Et de vous deux l'historiette.

En premier lieu, Lindor vous guette,

S'en va, revient, vous guette encor.
Pour obtenir une caresse,
Il saute et rôde autour de vous;
Bientôt votre main le caresse,
Vous le prenez sur les genoux,
Lui donnez les noms les plus doux.
Pour vous payer, l'ingrat vous blesse :
Vous le traitez avec rudesse,
Vous le chassez en lui disant :
« Allez, vilain ! allez vous-en ! »

Lindor, humilié, se couche,
Il n'ose plus lever les yeux ;
Mais quand son embarras vous touche,
Vous l'appelez : Il vient joyeux
Par mille bonds prouver sa joie,
De plaisir il saute, il aboie,
Et vous, en signe de pardon,
Vous lui faites : « Petit fripon ! »

Ses attaques il recommence.
Toujours pleine de complaisance
Vous ne vous souvenez de rien.
Attendez. Le petit vaurien,
Dès qu'il a retrouvé sa place,
Pour mieux vous prendre fait le mort;
Puis, tout à coup, avec audace,

Il lève la tête et vous mord,
Ma pauvre Lisette!... bien fort!

Aussi cette fois il vous lasse:
Vous le traitez en ennemi,
Vous jurez même à l'étourdi
De ne plus jouer avec lui.
Bien que fort légères blessures,
Vous considérez ses morsures
Comme vous dégradant la main;
Mais arrivons au lendemain.
On ne peut pas quitter ce que l'on aime.
Malgré les serments avancés
A jouer vous recommencez.
Avec l'amour n'en est-il pas de même?

L'amour s'en vient tout patelin,
Avec son petit air câlin,
Montrer les roses de ses joues:
« Malheur avec moi si tu joues! »
Dit à part lui l'enfant malin.
Mais voyant sa naïve grâce,
Ses deux grands yeux, pleins de candeur,
Lisette le prend et l'embrasse,
Elle le presse sur son cœur.
Mais Lisette est tout éperdue!
Elle vient de pousser un cri!

L'amour en riant est parti!...
Ah! l'espiègle l'a mordue!
Aussi, Lisette, confondue,
Vient-elle de prendre un parti :
« Il peut bien revenir, dit-elle,
« Comme Lisette je m'appelle,
« Que ce soit de nuit ou de jour,
« Jamais sur moi je ne prendrai l'Amour. »
Mais ce serment?... le vent l'emporte
Dès que l'Amour ouvre la porte;
Sitôt qu'elle le voit venir,
Lisette voudra le tenir.

Je vous avez bien dit, ma chère,
Que l'amour est comme Lindor.
Vous le caressez, il vous mord :
Cela vous met fort en colère;
Mais, malgré leurs désagréments
(Ceci soit dit sans vous déplaire),
De l'Amour, les jeux innocents,
Sont vos plus chers amusements,
Vos agréables passe-temps.

LA FLEUR SANS NOM

Non, ce n'est pas la rose ouverte du matin,
La plus belle fleur que tu cueilles,
Pour me l'offrir, dans ton joli jardin.
Il en est une sans feuilles
Qui toujours s'épanouit
Aux approches de la nuit.
Elle n'est point orgeuilleuse,
Cette fleur mystérieuse,
Elle cache son bouton
Sous l'herbette du gazon.
Plus timide, moins coquette
Que la simple violette,
Elle cache à tous les yeux
Son coloris gracieux.
Mais le cœur, qui tout devine,
Soupçonne la fleur taquine;
Il sourit à sa beauté,
A son brillant velouté.
Cette fleur est si mignonne!
Elle porte une couronne,
Qu'elle ne quitte jamais;
Mais, voulant être ignorée;

Elle est toujours entourée,
Du voile le plus épais.
Cette fleur tu la connais.
Mais il faut que je te dise
Qu'elle écoute mon discours.
Tu ne devine pas, Lise?
C'est la fleur de nos amours.
Oui, c'est cette fleur suave,
Qui se cache dans ton cœur:
Et qui, de ton cher esclave,
Fait la joie et le bonheur.

SONNET A RACINE

La poésie est là. La puissance divine
Est offerte au vainqueur. De mille chants divers
Le Parnasse sacré fait retentir les airs.
Aux accords de ses voix l'Univers s'illumine.

Un vieillard plein de feu se lève : c'est Racine!
Il parle, et tout s'émeut, et la terre et les mers.
Il ébranle les Cieux, fait trembler les Enfers.
Saisi, troublé, muet, tout l'Olympe s'incline.

Mais Apollon, jaloux, veut venger ses autels :
Et sa lyre a soudain ravi les immortels,
A produit, de bravos, le plus vibrant tonnerre.

Les dieux vers la couronne ont porté leurs regards :
Ils ont dit d'Apollon : « C'est le divin Homère !
De Racine ils ont dit : « C'est le dieu des beaux-arts.

SONNET A L'AMOUR MATERNEL

A MADAME C... F...

—

Tous les dieux, habitant le céleste empyrée,
Tous les êtres vivants, mus par l'astre du jour,
Sentent leurs cœurs brûler d'un frénétique amour :
L'amant meurt au penser d'une amante adorée.

Cupidon a pâli : Sa honte est assurée :
Clémence ouvre son cœur, et ce cœur, sans retour,
Éteint tous les flambeaux qui brillent alentour.
Son amour va frapper l'enfant de Cythérée.

Vénus craint pour son fils : elle tombe à ses pieds
Pour sauver sa puissance, et saisir les lauriers.
De mille traits brûlants elle perce son âme.

Un déluge de feu s'échappe de son cœur,

Mais l'amour maternel en cet instant s'enflamme :
L'univers à genoux le proclame vainqueur.

SOUVENIRS

A ÉMILIE

—

Pardon! mon Émilie,
Mais c'est une folie.
Tu le vois bien.
Pour accéder, ma chère,
A tes vœux, comment faire?
Je n'en sais rien.

De notre plus bel âge
Te retracer l'image,
Les souvenirs;
L'illusion charmante,
La douceur enivrante
De nos plaisirs!

Ma muse me répète :
« Laisse, pauvre poëte,
« Ce lourd pinceau. »
Et je t'entends redire :

« Comme je le désire
« Ce doux tableau ! »

Ma patience s'use,
Dois-je croire ma muse?
Te croire, toi?
Elle est novice encore,
Mais aussi je t'adore.
Tant pis, ma foi :

C'est une lourde tâche,
Mais, il faut que je tâche
De la remplir :
La beauté le demande,
Il faut que je me rende
A son désir.

Mais loin de ce qu'on aime
Le cœur n'est plus lui-même :
Il est trop froid.
Et, sans route tracée,
La plume, sans pensée,
Va-t-elle droit?

Pourtant je me rappelle
Cette enfant, blonde et belle,
Qui, chaque soir,
Et toute échevelée,

Errait dans la vallée
  Avec espoir.

De ses jolis doigts roses
Cueillant les fleurs écloses,
  Le bouton d'or,
Cette fleur si taquine ;
La modeste églantine,
  Et puis encor :

Quelqu'un suivant ses traces,
Souriant à ses grâces.
  Amant heureux !
Pressant sa main mignonne,
Caressant la couronne
  De ses cheveux.

Comme alors Émilie
Était fraîche et jolie !
  Quelle beauté !
Sur ses lèvres rieuses,
Minces, voluptueuses,
  Quel velouté !

Son sourire angélique,
Parfois mélancolique,
  Peignait son cœur ;
Sa voix enchanteresse

Inspirait la tendresse
Et le bonheur.

Je me souviens encore
De ces lieux, que j'adore,
Où nos amours
Trouvaient tout si facile;
Où le bonheur docile
Charmait nos jours.

Je vois ta maisonnette
Couverte jusqu'au faîte
De vert jasmin;
Dont les branches grimpantes,
Retombaient, complaisantes,
Vers le jardin,

Formaient par leur feuillage
Le dôme au frais ombrage,
Berceau charmant,
Où s'accouplaient nos âmes,
Dans les suaves flammes
Du sentiment.

Là, c'étaient des caresses,
Des douceurs, des tendresses,
A qui mieux mieux.
Et puis.... des bouderies....

Et des taquineries....
Combats heureux!

Où le plus raisonnable
Étant le plus aimable
Cédait bientôt;
Et, des lèvres d'un ange,
Recevait en échange
Un gros *bécot*.

Souvent, de la prairie
Foulant l'herbe fleurie,
Nous descendions
Une pente rapide :
Près du ruisseau limpide
Nous nous rendions.

Puis, à l'ombre d'un tremble,
Nous regardions ensemble,
Riant tableau!
Le poisson vif, folâtre,
Joyeusement s'ébattre
Au sein de l'eau.

« Mon Dieu! comme elle file!
« Regarde donc, Émile!
« Oh! je la tiens! »
— C'est un serpent! ma fille...

— Ouf!.... — Va! c'est une anguille,
« Sotte!..... Reviens! »

D'où vient donc, Émilie,
Cette mélancolie?
Viens près de moi.
Approche-moi ta joue.
Ah! tu me fais la moue!
C'est mal à toi.

Quoi! tu pleures, ma reine!
Tu me fais de la peine.
Pourquoi ces pleurs?
Qu'est-ce qui te chagrine?.....
Je crois que je devine
Quelles douleurs....

Eh bien! allons, ma chère,
Allons au cimetière
Prier, pleurer,
Sur la tombe où repose
Ton frère aimé.... Je n'ose
M'y refuser.....
....

Pauvre sœur désolée,
De cette triste allée
Il faut sortir!

Entends ! la cloche tinte.....
Sa lugubre complainte
Me fait frémir.

Allons ! ma douce amie,
De la philosophie ;
Sèche tes yeux ;
Car tout ange qu'on pleure,
A la part la meilleure :
Il est aux cieux.

Comme la nuit vient vite !
Pauvre enfant ! je te quitte,
Donne ta main
Que je la presse encore.
Adieu, jusqu'à l'aurore,
Jusqu'à demain !

Et puis, un jour tout change ;
L'hiver revient, mon ange !
Triste saison !
Plus de courses joyeuses,
D'heures mystérieuses,
Sur le gazon.

C'est triste et monotone
Quand a passé l'automne,
Et que l'hiver

Plane sur la nature :
Plus de fleurs, de verdure,
D'oiseaux dans l'air.

Mais, quittons ce paysage,
Il est froid et sauvage,
Il me fait mal!
Plaisance nous appelle,
Accourons-y, ma belle,
Allons au bal.

Les grâces y fourmillent,
Les lutins y sautillent,
Et les désirs
Y gardent notre place.
Puis l'amour s'y délasse
Dans les plaisirs.

Vois, la brune amoureuse,
La blonde langoureuse,
Le jouvenceau,
La perfide coquette,
La piquante grisette,
Quel beau tableau!

Mais à quoi donc s'amuse
Mon inconstante muse?
Quand, ce matin,

Je parlais pour te plaire,
Elle m'aurait fait taire
Par son dédain;

Maintenant, la rebelle
Sans doute se rappelle.
Elle a pensé
Et dit : « Son gentil page,
« N'a demandé l'image
« Que du passé;

« Le présent est visible,
« Et, moi, je suis sensible
« A tout dédain;
« Il faut que je me venge!
« Attendez, mon bel ange! »
Alors sa main,

Tremblant de jalousie,
De haine, de furie,
Prend le pinceau;
Et cherche à reproduire
Du présent, qu'elle admire,
Tout le plus beau.

Mais elle est barbouilleuse.
Autant que radoteuse;
J'ai déchiré

Son affreuse peinture
Pour le coup, je t'assure
Qu'elle a pleuré.

Je te quitte, Émilie,
Pour cette tendre amie :
C'est une enfant!
Elle est moins qu'une épouse,
Va! ne sois point jalouse
De ton amant.

LE BONHEUR

Homme! poursuis cette aimable chimère,
Qu'en souriant tu nommes : « le Bonheur! »
Tu trouveras ta coupe moins amère;
Car l'espérance est le baume du cœur.
Mais ne crois pas atteindre ce fantôme :
Il n'apparaît que pour fuir aussitôt.
Le bonheur n'est pas fait pour l'homme
Crois-moi, le bonheur est trop haut.

L'enfance seule ignore les alarmes :
Le chérubin, environné de soins,

Peut bien, parfois, répandre quelques larmes :
Mais sans désirs, aurait-il des besoins?
La paix du cœur est son doux héritage :
Un papillon, un rien, le rend heureux.
  Le bonheur serait son partage.....
  Mais non, le bonheur n'est qu'aux cieux.

Quand les plaisirs, les douceurs de la vie,
Viennent charmer les désirs de ton cœur;
Qu'entre les bras d'une fidèle amie
Avec espoir, tu rêves le bonheur;
La douce paix que tu n'as plus dans l'âme,
Que cet espoir, vaudrait peut-être mieux :
  Ton cœur tout troublé la réclame.
  N'espère le bonheur qu'aux cieux.

Quand l'homme arrive au terme de sa course,
Que ses regards embrassent le passé,
Et que l'espoir, sa dernière ressource,
A fui son cœur, qu'il se trouve insensé!
C'est le regret qui le suit dans la tombe,
Lui, qui toujours ne fut rien moins qu'heureux.
  Le Bonheur attend qu'il succombe
  Pour le couronner dans les cieux.

L'AMOUR MATERNEL

Enfant! sais-tu jusqu'où va la tendresse
Du bel oiseau, qu'on nomme pélican?
Pour ses petits, qu'un instant la faim presse,
Sans balancer il se perce le flanc.
Son sang pour les nourrir serait-il nécessaire?
Ah! l'amour maternel a de si beaux secrets!
Enfant! si tu savais tout l'amour de ta mère,
Qu'ils seraient doux les soins dont tu l'entourerais!

Vois-tu la poule assembler sous son aile,
Avec effroi, ses poussins alarmés?
C'est qu'elle a peur qu'une main criminelle
Ne soit fatale à ses chers bien-aimés.
Malheur à l'étourdi! Qu'il craigne sa colère!
Sa faiblesse a fait place à de justes regrets.
Enfant! si tu savais tout l'amour de ta mère,
De combien de chagrins tu la dispenserais!

Si la lionne a les moindres alarmes,
Malheur à toi! téméraire chasseur :
Malgré tes soins, ton courage et tes armes,
Elle atteindra le cruel ravisseur.
Elle dévorera, dans sa soif sanguinaire,

Tes membres palpitants, qu'elle aura déchirés.
Si tu connaissais bien tout l'amour de ta mère,
Enfant! que de bonheur tu lui ménagerais!

L'HOROSCOPE DE MAHOMET

Oh! regarde là-haut, à la voûte céleste,
Dans le limpide azur, cet étoile briller!
C'est de ton avenir le signe manifeste,
Enfant! tu n'es pas né pour être chamelier.
Ton cœur sera rempli d'une féconde haine,
Tu commettras un jour les plus noirs attentats,
Sur les sables brûlants de la plage africaine :
Tu deviendras le chef d'un peuple d'apostats.

Tu te diras de Dieu, l'envoyé, le prophète,
Ton nom fera frémir toutes les nations.
De ta nouvelle loi, te faisant l'interprète,
Tu feras un devoir des grandes passions.
Tes cruels sectateurs, sans frein que ta morale,
Armés des noirs forfaits qu'enfantent les enfers,
Égalant en courroux ton audace infernale,.
Dans le sang des chrétiens noieront tout l'univers.

Des rivages du Nil aux riantes Espagnes,
Tes barbares soldats, vainqueurs et triomphants;
Détruisant les cités, ravageant les campagnes,
Emmèneront captifs : femmes, vieillards, enfants.
Il sèmeront le deuil dans leur propre patrie.
Où leurs pieds toucheront, le sol restera nu.
Et l'on dira de toi, bien longtemps dans la vie,
L'univers a changé du jour qu'il est venu!

Les peuples-reculés rediront ton histoire.
Après ta mort, longtemps, de nombreux pèlerins
Viendront sur ton tombeau révérer ta mémoire.
Honneur que n'auront point les plus grands souverains.
Tu seras sans rival sur la terre d'Afrique,
Et, si tu ne prenais un plus juste milieu,
Si tu ne craignais rien d'un peuple fanatique,
Tu serais adoré; tu passerais pour Dieu.

LE PAPILLON

Ouvre tes ailes diaprées,
Papillon folâtre et léger!
Phénix des plaines éthérées,
Que j'aime à te voir voltiger!

Tes charmes sont ceux de l'enfance.
Tu me rappelles ces beaux jours
Où, dans sa folle insouciance,
L'enfant a tes mêmes amours.
L'homme est heureux dans son jeune âge :
Il trouve, en ses simples désirs,
La paix du cœur, qui lui ménage
Le bonheur et les vrais plaisirs.

Ah! je te vois dans un parterre
T'arrêter à toutes les fleurs,
T'y reposer avec mystère,
Leur montrer tes riches couleurs.
C'est que tu choisis une amante!
Je crois que tu n'es plus heureux :
Quand l'âme devient inconstante,
On souffre, hélas! d'être amoureux.
A l'âge où l'homme court les belles,
Il a perdu la paix du cœur,
Car toutes lui sont infidèles ;
Il n'est plus pour lui de bonheur.

Mais voici la saison humide.
Que vas-tu faire sans soleil?
Ah! tu redeviens chrysalide ;
Ton trépas n'est qu'un doux sommeil.
Tu vas chercher de nouveaux charmes,

Demain tu renaîtras plus beau.
Et l'homme ne trouve que larmes
Aux approches de son tombeau!
Ce n'est qu'en regrettant la vie
Qu'il part du terrestre séjour.
Ici-bas sa course est finie;
Doit-il aussi renaître un jour?

L'ORPHELIN

A mon amour pourquoi l'avoir ravie!
M'avoir laissé seul avec mes douleurs;
Moi, frêle enfant! Que faire dans la vie?
Pas une main pour essuyer mes pleurs.
J'ai beau prier sur ta tombe, ô ma mère!
Je ne souhaite et n'aime que la mort:
C'est le seul baume à ma douleur amère.
Dieu de bonté, tu vois mon triste sort!
Oh! fais qu'une aurore éternelle
M'éclaire, là-haut, sous ton aile;
Car l'arbrisseau craint le souffle du vent.
La fleur qu'on n'a point arrosée,
La fleur, avide de rosée,
Tombe et périt sous un soleil brûlant.

Mère! doux nom qui m'offrait tant de charmes
Sous les douceurs, ô mon suprême bien,
Tu cachais donc le regret et les larmes!
Sans ton amour il ne me reste rien;
Et je languis sans force ni courage;
Mon seul espoir je le vois dans la mort;
Oiseau sans nid, je crains partout l'orage.
Dieu de bonté, tu vois mon triste sort.
  Oh! fais qu'une aurore éternelle
  M'éclaire, là-haut, sous ton aile;
Car l'arbrisseau craint le souffle du vent.
  La fleur qu'on n'a point arrosée,
  La fleur, avide de rosée,
Tombe et périt sous un soleil brûlant.

Dans les parvis du céleste Empyrée,
Ma mère, attends, tu vas me recevoir....
Songe menteur! Illusion dorée!...
Tu fuis!... Déjà je ne peux plus te voir....
Le souvenir me montrait l'espérance :
Je la voyais... elle suivait la mort....
La mort me fuit, méprisant ma souffrance.
Dieu de bonté, tu vois mon triste sort.
  Oh! fais qu'une aurore éternelle
  M'éclaire, là-haut, sous ton aile;
Car l'arbrisseau craint le souffle du vent.

La fleur qu'on n'a point arrosée.
La fleur, avide de rosée,
Tombe et périt sous un soleil brûlant.

LA JEUNE MALADE

(IMITÉ DE MILLEVOYE)

Les autans soufflent sur la terre,
La feuille tombe sur le sol,
Dans le bocage solitaire
Ne chante plus le rossignol;
Les bois ont perdu leur verdure,
Les champs sont dépouillés de fleurs,
Tout est triste dans la nature,
C'est le prélude à mes douleurs.
Tombe, feuille éphémère, tombe,
Présage d'un triste destin!
Ma pauvre mère, sur ma tombe,
Viendra pleurer demain.

Je n'ai vu briller qu'une aurore
Et déjà l'espoir m'est ôté!
Déjà mon front se décolore,
Je perds mes grâces, ma beauté;

Ma marche devient chancelante,
Ma main a besoin de support,
Je sens mon haleine brûlante.
Ah! dans mon sein, germe la mort!
Tombe, feuille éphémère, tombe,
Présage d'un triste destin!
Ma pauvre mère, sur ma tombe,
  Viendra pleurer demain.

De nos salons j'étais la reine :
Aveux, bouquets, et billets doux,
Étaient mes droits de souveraine.
Combien je faisais de jaloux!
Moi, que chacun trouvait jolie,
Moi, que tout le monde adorait,
Moi, qui tenais tant à la vie,
Je vais mourir! Ah! quel regret!....
Tombe, feuille éphémère, tombe,
Présage d'un triste destin!
Ma pauvre mère, sur ma tombe,
  Viendra pleurer demain.

Parmi cette foule éternelle
D'Adonis, briguant mon amour,
J'avais choisi le plus fidèle :
Mon bonheur n'a duré qu'un jour.
Je ne serais pas son épouse!

Au lieu de roses, sous mes pas,
La Parque, cruelle et jalouse,
Sème les cyprès du trépas.
Tombe, feuille éphémère, tombe,
Présage d'un triste destin!
Ma pauvre mère, sur ma tombe,
  Viendra pleurer demain.

Je vois déjà les pâles ombres
Entourer mon lit de douleur.
Je vois tous les visages sombres,
Chacun déplore mon malheur.
Adieu! vous à qui je suis chère,
J'ai vidé ma coupe de fiel.
Adieu! ne pleure plus, ma mère!
Nous nous retrouverons au ciel.
Tombe, feuille éphémère, tombe,
Présage d'un triste destin!
Ma pauvre mère, sur ma tombe,
  Viendra pleurer demain!

Sur la pierre d'un mausolée
Demain on gravera mon nom;
Dans la solitaire vallée
Chacun dira son oraison;
Et puis après, l'oubli, peut-être,
M'effacera de l'avenir :

Ma mère sera le seul être
Qui gardera mon souvenir.
Tombe, feuille éphémère, tombe,
Présage d'un triste destin!
Ma pauvre mère, sur ma tombe,
Viendra pleurer demain!

L'EXILÉ

Loin du ciel bleu de notre belle France,
Loin du berceau de mes jeunes amours,
Triste exilé, seul, avec ma souffrance,
Il faut, hélas, que je passe mes jours!
O douleur amère!
Seul sur cette terre,
Ciel, que dois-je faire
Dans mon désespoir?
O ma tendre amie,
Ma mère chérie,
Et toi, ma patrie,
Dois-je vous revoir?

Non, hélas! non, un monde nous sépare!

Ma tombe est là, sous ce sable mouvant.
Mon œil se trouble, et ma raison s'égare;
Mon corps chancelle, et mon front est brûlant.
Quel affreux délire!
Mon cœur se déchire,
Hélas! je soupire :
Regrets superflus!
Cruelle souffrance!
Sans nulle espérance!
Ton beau ciel, ô France,
Je ne verrai plus!

Aux doux parfums de tes rives fleuries
Je n'irai plus respirer l'air du soir;
Sur le gazon de tes vertes prairies,
Auprès d'Emma je n'irai plus m'asseoir!
Adieu, tes rivages,
Et les frais ombrages,
De tes verts bocages;
Adieu, mes amours!
Adieu, tes collines,
Tes sombres ravines,
Tes blanches chaumines,
Adieu! pour toujours.

Hier encor, tout semblait me sourire :
Les fleurs pour moi naissaient à chaque pas.

Je n'ai rien plus, qu'un désert pour empire,
Mon désespoir, et demain.... le trépas!
O malheur suprême!
Désespoir extrême!
Loin de ceux que j'aime
Je succomberai.
Sur l'aride plage
D'un steppe sauvage,
A la fleur de l'âge,
Hélas, je mourrai!

Eh! qu'est-il donc, cet homme qui s'arroge
Le droit cruel de punir son égal?
Aux lois du cœur cet insensé déroge :
De l'Éternel il se fait le rival.
O douleur amère!
Seul, sur cette terre,
Loin de toi, ma mère,
Il me fait gémir.
O ma sainte amie!
Dis à la patrie
Que ma triste vie
Est près de finir.

Oh! quand les flots me montraient leur abîme,
Ils auraient dû m'engloutir à jamais :
L'avare mer ne rend point sa victime;

Dans l'Océan j'aurais trouvé la paix.
Là, plus de tristesse :
La vague traîtresse.
Donne, avec ivresse,
Et calme et repos.
Hélas! vaine plainte!
Ma vie est éteinte;
Et, seule, la crainte
Aggrave mes maux.

Mais quelle voix, de la France m'appelle,
Et dans mon cœur verse un doux souvenir?
Ciel! c'est ma mère! Oh! pars vite, hirondelle!
Va, cours, dis-lui que je vais revenir.
Le ciel, d'une mère
Entend la prière,
Quand sa plainte amère
Réclame son fils;
Et le ciel, sans doute,
Le ciel qui m'écoute,
M'ouvrira la route
De mon beau pays

L'AVEUGLE

Hélas, mon Dieu! m'avoir ravi la vue
Quand ton beau ciel disait tant à mon cœur!
Quand ton soleil me voyait toute émue
En contemplant l'œuvre du Créateur!
Le souvenir, en mon âme fait naître
L'amer regret des biens que j'ai perdus.
Ma mère est là!.... Qui sait, pleure, peut-être;
Elle m'embrasse... et je ne la vois plus!

Je poursuivais avec persévérance
Un avenir, que j'avais su rêver.
Je me berçais de la douce espérance,
Et le bonheur... j'avais su le trouver.
Bonheur!... Ce mot maintenant m'importune,
Car le bonheur n'est qu'un vain mot pour moi.
J'ai tout perdu, dans ma triste infortune,
Jusqu'à l'espoir qui me donnait la foi.

Autour de moi j'entends : Elle est si belle!
Et l'on me plaint... Mon malheur m'est bien dur,
Car mon regard brille sans étincelle :
De mes beaux yeux je n'ai plus que l'azur.
Mon long soupir monte à l'Être suprême;

Soupirs, regrets, hélas, sont superflus.
Je maudirais, dans ma douleur extrême,
L'astre qui brille... et pour moi ne luit plus.

Auprès d'Alfred il est vrai que j'oublie,
Quelques instants, le plus grand des malheurs :
Il est si doux,... et je suis son amie;
Un cœur si pur partage mes douleurs.
Mais quand je sens des pleurs sur mon visage,
Je me souviens de mon funeste sort;
Que de mes yeux le seul et triste usage
C'est d'en verser, hélas! jusqu'à la mort.

Oh! que la mort alors me serait douce!
Et je l'appelle... Elle entend bien mes vœux,
Mais, sans pitié, l'avare me repousse :
Elle n'a rien pour l'être malheureux.
Pourtant, hélas! il m'est cruel de vivre,
Sans voir le jour; c'est vivre pour souffrir.
Que ta bonté de mes maux me délivre,
Mon Dieu, la vue! ou laisse-moi mourir.

LE ROI DU DÉSERT

Repose sur mon sein, dors, ma tendre Africaine,
Ne crains point les complots d'un lâche ravisseur.
Tu sais que la vengeance est fidèle à ma haine ;
Tu sais que j'ai puni l'assassin de ma sœur.
J'avais passé trois jours dans la pénible attente :
Il m'avait dérobé la trace de ses pas ;
Mais, par une nuit sombre, il m'a vu dans sa tente,
Et mon glaive est témoin de son juste trépas.

Si le sultan jaloux, qu'ont su vaincre tes charmes,
Mêlait à ses souhaits un injuste pouvoir,
Faisait dans tes beaux yeux rouler d'amères larmes,
S'il remplissait ton cœur d'un sombre désespoir,
Qu'il craigne mon courroux, ma vengeance terrible,
Car j'ai l'esprit subtil, le bras fort et puissant.
Qu'il tremble ! C'est sa mort, la mort la plus horrible :
Il trouvera l'enfer, à nos pieds, dans son sang !

Mais pourquoi craindre, enfant ! Non, bien longtemps encore
Dans la verte oasis l'amour nous conduira.
Au coucher du soleil, au lever de l'aurore,
Le bonheur le plus sûr partout nous sourira.
Longtemps, sous mon appui, tu fouleras sans crainte

Les sables du désert, de tes petits pieds nus.
Recois ce doux baiser, cette éloquente étreinte :
Je sens naître en mon cœur mille feux inconnus.

L'URSULINE

Pourquoi t'ensevelir au printemps de ta vie
Dans ces tombeaux vivants inventés par l'erreur!
Laisse, laisse, le cloître : Un autre Dieu t'envie :
Celui qu'on trouve là n'est pas fait pour ton cœur.
Il faut souffrir pour lui de trop grand sacrifices;
L'outrage, l'abandon.... Et des pleurs... nuit et jour.
Quand l'amour vient t'offrir ses plus pures délices,
Qui préfèreras-tu? du Christ ou de l'Amour?...
Brillante fleur! Alors que l'aurore s'éveille,
Quand luit à l'horizon le soleil du matin,
L'Amour, en vigilante abeille,
Vient réclamer le miel enfermé dans ton sein.

Le Dieu crucifié, dans cette froide enceinte
A tes yeux n'offrira qu'un lugubre appareil :
Le silence et l'oubli, la gène et la contrainte.
Sous l'humide paroi pour toi plus de soleil!
Là, fantôme effrayant, une nuit éternelle

Rôde autour des tombeaux, décors de ce séjour.
L'Amour veut t'abriter à l'ombre de son aile,
Laisse le joug du Christ, pour celui de l'Amour.
Brillante fleur! Alors que l'aurore s'éveille,
Quand luit à l'horizon le soleil du matin,
    L'amour, en vigilante abeille,
Vient réclamer le miel enfermé dans ton sein.

A tes seize printemps l'amour élève un trône;
A tes pieds vont brûler les parfums les plus doux;
Reine de la beauté, quand sa main te couronne,
Prends le sceptre brillant qu'il t'offre à deux genoux.
Laisse la nuit aux morts... Dans un palais splendide
Un peuple d'Adonis composera ta cour;
L'Amour te couvrira de sa puissante égide;
Livre ton âme au Christ, et ton cœur à l'Amour.
Brillante fleur! Alors que l'aurore s'éveille,
Quand luit à l'horizon le soleil du matin,
    L'Amour, en vigilante abeille,
Vient réclamer le miel enfermé dans ton sein.

UN DÉVOUEMENT (1793)

O nuit brillante ! étends tes riches voiles
Sur l'univers calme et silencieux.
Ciel ! pare-toi de ton manteau d'étoiles ;
Déjà Phœbé s'est montrée à nos yeux :
Voici rouler son char voluptueux.
Tout se tait, tout sommeille
Tout dort, et mon cœur veille...
Allons chercher là-bas
Sa vie ou mon trépas :
Marchons, pressons le pas.
Sa mort serait un crime.
Non, demain, l'échaufaud
N'aura point sa victime :
C'est mon trésor, il me le faut !...

Je l'ai juré sur le sang de son père,
Et son cœur bat, pour moi, pour son seul bien.
Pour accomplir mon serment téméraire
Je brave tout... et je ne craindrai rien ;
Car son bonheur m'est plus cher que le mien.
Vers la sombre demeure.
Avançons, voici l'heure.
Demain... O jour fatal...

Il a vu mon fanal,
Et compris mon signal.
Sa mort serait un crime.
Non, demain, l'échafaud
N'aura point sa victime :
C'est mon trésor, il me le faut!. .

Voici s'ouvrir son étroite fenêtre...
Courage, enfant, ton geôlier est séduit
L'espoir m'anime et l'effroi me pénètre,
Au sombre aspect du sinistre réduit!....
Ah!... n'ai-je point entendu quelque bruit!
Si c'était une ronde?...
Non ! c'est le vent qui gronde....
O mon Dieu!... Le voici!...
Il est sauvé! Merci!...
Viens vite, par ici...
Sa mort serait un crime.
Non, demain, l'échafaud
N'aura point sa victime :
C'est mon trésor, il me le faut!...

Courons, ami! Monte dans ma nacelle.
Anges des nuits, protégez mon dessein!
Un coup de feu!... Maudite sentinelle!...
Il est frappé! Quel horrible destin!...
Son sang est noir : la balle est dans son sein!...

Dieux cruels!... Il expire...
Non!... Bonheur! il respire,
Il soupire! Il pâlit!
Il me regarde... Il vit!
Il parle. Il me sourit!...
Sa mort serait un crime
Non, demain, l'échafaud
N'aura point sa victime :
C'est mon trésor, il me le faut!...

VENGEANCE

Vengeance! On m'a ravi mon bien suprême,
Mère, je pars, adieu!
Moi qui l'aimais plus que moi-même,
Moi qui l'adorais comme un Dieu!
Vengeance! Mère, je pars, adieu!

Ce château, superbe demeure,
Où tous deux coulent d'heureux jours,
N'existera plus dans une heure :
J'anéantirai leurs amours.
Ils éprouveront dans leurs âmes
Toutes les fureurs des enfers

En voyant s'élever des flammes
En noirs tourbillons dans les airs.
Vengeance! On m'a ravi mon bien suprême,
Mère, je pars, adieu!
Moi qui l'aimais plus que moi-même,
Moi qui l'adorais comme un Dieu!
Vengeance! Mère, je pars, adieu!

Tandis que, frémissant de crainte
Ils maudiront leur triste sort,
Ou, dans une amoureuse étreinte,
Qu'ils s'exhortent à la mort,
Je saurai leur faire connaître
Tous les plus horribles tourments :
Ils me verront leur apparaître
Dans leurs derniers embrassements.
Vengeance! On m'a ravi mon bien suprême
Mère, je pars, adieu!
Moi qui l'aimais plus que moi-même,
Moi qui l'adorais comme un Dieu!
Vengeance! Mère, je pars, adieu!

Je saurai faire à l'infidèle,
Une large blessure au sein;
Elle ne sera pas mortelle :
Mon cœur dirigera ma main.
Il tombera. Sa main tremblante

Cherchera son plus doux appui :
Mes liens garderont l'amante,
Et la retiendront loin de lui.
Vengeance! On m'a ravi mon bien suprême
Mère, je pars, adieu!
Moi qui l'aimais plus que moi-même,
Moi qui l'adorais comme un Dieu!
Vengeance! Mère, je pars, adieu!

Et, quand les flammes vengeresses
Viendront seconder mon désir,
J'accablerai l'un de caresses,
Et je sourirai de plaisir.
Alors, ma jalouse rivale,
(Quel bonheur pour moi de le voir!)
Mourra d'une mort infernale :
Dans les horreurs du désespoir.
Vengeance! On m'a ravi mon bien suprême
Mère, je pars! adieu!
Moi qui l'aimais plus que moi-même,
Moi qui l'adorais comme un Dieu!
Vengeance! Mère, je pars, adieu!

LA FOLLE

Enfants! Quand la nuit tend ses voiles
Sur l'univers silencieux,
Qu'aux feux scintillants des étoiles
Se dore le dôme des cieux,
Sur le versant de la colline,
Écoutez cette ombre lutine
Qui dit d'une voix argentine :
Oh ! ne m'approchez pas!
Ou craignez le trépas ;
La mort est mon domaine,
Et mon poignard vengeur
Voit le sang sans horreur;
Car il me faut la haine,
Pour ravoir le bonheur,
Que la flamme cruelle
D'un amour infidèle
A chassé de mon cœur.

Mais, hélas! cette ombre légère,
A ce mot de bonheur, soudain,
Trouve des pleurs sous sa paupière
Le glaive échappe de sa main.
Toute troublée elle s'arrête,

Mais alors, croyant qu'on la guette,
Elle se redresse et répète :
  Oh ! ne m'approchez pas!
  Ou craignez le trépas :
  La mort est mon domaine,
  Et mon poignard vengeur
  Voit le sang sans horreur:
  Car il me faut la haine,
  Pour ravoir le bonheur,
  Que la flamme cruelle
  D'un amour infidèle
  A chassé de mon cœur.

Enfants! C'est une pauvre folle!
Folle, d'un désespoir d'amour;
Car son bien-aimé, son idole,
L'a fuie, hélas! Depuis ce jour,
Chaque soir, quittant sa demeure,
Elle l'appelle, elle pleure,
Et vient chanter à la même heure :
  Oh! ne m'approchez pas!
  Ou craignez le trépas :
  La mort est mon domaine,
  Et mon poignard vengeur
  Voit le sang sans horreur;
  Car il me faut la haine,
  Pour ravoir le bonheur,

Que la flamme cruelle
D'un amour infidèle
A chassé de mon cœur.

Voyez, pourtant, comme elle est belle!
Que son front est candide et pur!
De la plaintive jouvencelle
Quel doux éclat dans l'œil d'azur!
Et sa chevelure flottante...
Sa voix plaintive et menaçante ..
Enfants! écoutez : Elle chante...
Oh! ne m'approchez pas!
Ou craignez le trépas :
La mort est mon domaine,
Et mon poignard vengeur
Voit le sang sans horreur;
Car il me faut la haine,
Pour ravoir le bonheur,
Que la flamme cruelle
D'un amour infidèle
A chassé de mon cœur.

De cette nouvelle syrène,
Le chant que vous goûtez si fort,
Par sa mélodie inhumaine,
Pourrait bien vous causer la mort.
Enfants! dès que la nuit arrive,

Fuyez la fauvette plaintive
Qui dit de sa voix incisive :
Oh! ne m'approchez pas!
Ou craignez le trépas :
La mort est mon domaine,
Et mon poignard vengeur
Voit le sang sans horreur;
Car il me faut la haine,
Pour ravoir le bonheur,
Que la flamme cruelle
D'un amour infidèle
A chassé de mon cœur.

LE BRIGAND

Je nargue le destin. La montagne est mon trône.
Le crime et ma valeur m'ont fait roi-montagnard.
Mes désirs sont ma cour, le soleil ma couronne,
La liberté, mes lois; et mon sceptre un poignard.
Je n'ai jamais connu la servitude ;
C'est pour la fuir que je réside ici.
Je suis venu dans cette solitude
Pour vivre libre; et j'ai bien réussi.

Enfermé tout le jour au sein de la montagne
Je cache à tous les yeux mon front sombre et suspect;
Mais, chaque soir, je vais rôder dans la campagne,
Armé de pied en cap : Qu'on tremble à mon aspect!
  Car si, parfois, je vois que s'achemine
  Vers mon séjour l'imprudent voyageur,
  Malheur à lui! je prends ma carabine :
  Un plomb mortel part, et le frappe au cœur.

Quand le carabinier de mes pas suit la trace,
Qu'il vient, l'œil en fureur, me dire : « Allons! rends-toi! »
D'un coup bien assuré je confonds son audace ;
Je frappe... Il tombe et meurt, blasphémant contre moi.
  Et qu'en ces lieux, le seigneur en voyage,
  Vienne à passer... Il me faut son butin.
  Je cours à lui plein d'ardeur, de courage,
  Et mon poignard termine son destin.

Mais, d'un timide pas, quand, foulant la verdure,
Une enfant à l'œil bleu sourit au ciel du soir;
Qu'elle livre au zéphir sa blonde chevelure;
Oh! qu'alors, à mon cœur, l'amour donne d'espoir!
  Tout palpitant, plus vif que la gazelle,
  Je fends l'espace et tombe agenouillé :
  « Va! ne crains rien, timide tourterelle!
  « Vois, mon œil fier devant toi s'est mouillé! »

Je ne crains point la mort, je l'affronte sans cesse :
Elle fuit en voyant mon sourire moqueur.
Je n'ai point de remords, le bonheur me caresse ;
Rien ne trouble ici-bas le calme de mon cœur.
Crime ou vertu, jamais d'une autre vie
Le noir penser ne sut m'importuner.
Dans mon Eden j'ai tout ce que j'envie,
Enfer ou ciel, Dieu pourra me donner...

LA BATELIÈRE

Oh! qu'elle est belle à voir,
L'œil rayonnant d'espoir,
Mon amante fidèle ;
Quand la brise du soir
Entraîne sa nacelle
Au loin sur le flot noir!

A moi, sa blanche main,
Les roses de son teint,
Ses lèvres purpurines,

L'albâtre de son sein,
Et ses grâces taquines,
Et son regard divin.

Son sourire enchanteur
Fait palpiter mon cœur;
Sa taille gracieuse
Excite mon ardeur;
Sa voix mélodieuse
Me rend fou de bonheur.

Combien je suis jaloux
De son regard si doux,
Quand le discret mystère
Dérobe aux yeux de tous
La fraîche gondolière
Et son futur époux!

Quand sur son frêle esquif,
Un chant tendre et lascif,
En dominant de l'onde
Le murmure plaintif,
Vient rassurer ma blonde
Et mon amour craintif!

Je ne vous dirai pas
En quels secrets combats

Nous passons notre vie :
C'est un joyeux trépas
Qu'Amour, et la Folie
Charment de leurs appas.

Elle livre souvent,
Dans son palais mouvant,
Sa blonde chevelure
Aux caprices du vent ;
Le nœud de sa ceinture
Aux vœux de son amant.

LA DÉVOTE A LA MODE
OU LA GRISETTE VERTUEUSE

Notre curé m'a dit un jour :
« Petite fille, prenez garde !
« Vous vous damnerez sans retour,
« Si vous jouez avec l'amour !
« Du haut du ciel Dieu vous regarde
« Et dit — Demain viendra mon tour ! »
Et moi, j'ai ri comme une folle

En entendant cette parole,
Car le bon Dieu ne vient pas voir
Ce que l'on fait quand il fait noir.

Je l'invoque soir et matin,
Je vais tous les ans à confesse,
Le dimanche, un livre à la main,
Bien que j'ignore le latin,
Je vais entendre la grand'messe;
Toujours avec mon cher Hostein.
Le dimanche il faut bien qu'on danse;
Nous allons le soir à Plaisance,
Et je pense que le bon Dieu
De nous s'embarrasse fort peu.

Le lundi, dès le point du jour,
On me voit en train à l'ouvrage;
Pour que chaque chose ait son tour,
Le soir je lutine l'amour:
Il est bien permis, à mon âge,
De se laisser faire..... la cour!
Hostein et moi, dans ma chambrette,
Nous allons jouer en cachette,
Et je crois fort que le bon Dieu
Rit sous cape de notre jeu!

Je ne crois pas faire grand mal

D'aller quelquefois au spectacle :
Quand je ne puis aller au bal,
Le spectacle c'est mon régal.
On a beau crier au miracle,
Jaser sur moi ça m'est égal ;
Les cancans ne m'occupent guère,
J'aime avant tout à me distraire.
Et je ne crois pas qu'en ce lieu
On ait le temps d'offenser Dieu

Du théâtre, on sort vers minuit ;
Comme je suis simple et peureuse,
Je n'oserais me mettre au lit
Sans Hostein qui me reconduit ;
Je le dis sans être honteuse,
Car nous dormons toute la nuit.
Quand l'aurore vient, je m'habille,
Et mes doigts manœuvrent l'aiguille.
Je ne vois rien là, ventrebleu !
Qui puisse offenser le bon Dieu.

LE SECOND AMOUR

Combien auprès d'Adèle
J'ai vu d'heureux moments!
Mais, hélas! l'infidèle
A trahi ses serments!
Je l'aime, je l'adore,
J'y pense nuit et jour.
Pour être heureux encore
Cherchons nouvel amour.

Lise est, ma foi, mignonne!
Mais elle a l'air hautain.
Cora me paraît bonne,
Mais elle est trop lutin;
Lucie est trop coquette.
Hirma connaît le tour.
Cependant, je regrette!...
Je veux un autre amour.

La petite Héloïse
A l'air modeste et doux;
Mais Léon la courtise;
Et, moi, je suis jaloux.

Quand je rencontre Claire,
Elle me dit : « Bonjour! »
Mais son rustre de père
Ne veut pas voir d'amour.

J'aimerais Joséphine,
Mais sa voix me déplait.
Quel malheur! que Justine
Ait un amant si laid!
Éléonore efface
Les flambeaux d'alentour,
Mais son cœur est de glace!
Et j'ai besoin d'amour.

Si je plaisais à Laure,
Mon affaire irait bien,
Mais Adèle est encore
Entre nous... Pas moyen!
Je mettrais bas les armes,
Si mon cœur, sans retour,
Ne regrettait les charmes
De son premier amour.

Enfin, je me résigne,
Je vais prendre un parti.
Que l'amour me désigne
Quelque minois fleuri :

Quant à son caractère....
Ma foi... ça vient un jour :
Si je fais son affaire
Rose aura mon amour.

L'INTRIGUE

—

Halte-là! Cavalier intrépide.
Où vas-tu? Connais-tu ce vallon?
Crains l'élan de ta course rapide,
Ce sentier cache un gouffre sans fond.
Ton coursier, tout couvert de poussière,
Haletant, épuisé, va mourir;
Ou, s'il touche au bout de la clairière,
Dans l'abîme il ira t'engloutir.
Attends que la nuit soit passée;
Suis-moi dans ma grotte isolée;
L'heure est propice, il est minuit :
Marchons vite et sans bruit.

Cavalier? c'est une bohémienne
Qui te donne un gîte pour la nuit.
Si ton âme avait compris la mienne!

Quel bonheur : L'amour t'aurait conduit.
Ma beauté, sous ce manteau de bure,
A tes yeux n'offre guère d'attrait ;
Tiens, je l'ôte... Et, sous cette parure,
Convient-elle à ton regard distrait?
Laisse ton orgueil et ton titre,
Pour un instant, devant l'arbitre
De ton repos, de ton bonheur,
Et livre-moi ton cœur.

Vois ma main, la tienne l'a pressée
Dans un bal où tu rêvais le ciel.
Cavalier, reconnais ta pensée ;
Cette fleur m'est un gage éternel.
Tu vois donc la reine ou la bergère
Qui deux fois t'a donné rendez-vous :
Chevalier, cette beauté légère
Ne peut plus te voir à ses genoux.
Relève-toi ! plus de mystère !
Dans cette grotte solitaire,
Nous sommes seuls, avec l'amour !
Attendons-y le jour...

SUZANNE

Quand se réveille la nature,
Que l'aurore apparaît aux cieux,
Dans le cristal de l'onde pure
Je vais mirer mes jolis yeux :
C'est qu'on dit que je suis jolie,
Et je tiens à m'en assurer;
Car Collin m'aime à la folie :
Il m'aime!... jusqu'à m'adorer.

C'est qu'en effet, je suis mignonne!
Mes cheveux, avec art tressés,
Me font l'effet d'une couronne;
Mes sourcils bruns sont bien arqués;
Mes grands yeux, où se peint mon âme,
Sont, d'ordinaire, langoureux;
Mais, dès que l'amour les enflamme,
Ils sont ardents, voluptueux.

J'ai le nez d'une Roxelane,
Ma bouche appelle le baiser :
Si je ne me nommais Suzanne,
L'amour s'y viendrait reposer.

J'ai le teint des lis et des roses ;
Et, de blanches perles d'émail,
De mes lèvres, toujours mi-closes,
Relèvent le tendre corail.

J'ai la voix pleine de tendresse,
Et le souris d'un séraphin.
Enfin, ma tête enchanteresse
Me donne l'air quasi-divin.
Des connaisseurs elle est bien digne,
Quand je la balance, surtout,
Sur mon élégant cou de cygne :
Mon gentil Collin a bon goût!

J'ai la taille svelte et bien prise.
Si j'osais parler de mon sein....
Plus d'une élégante marquise
Voudrait avoir ma blanche main ;
Serait fière d'avoir mes grâces;
Et bien sûr qu'elle aurait raison.
Mes pieds ne laissent point de traces,
Même sur le plus frais gazon.

Convenez tous que je suis belle;
Que Collin a bien des jaloux;
Mais, malgré tout, je suis fidèle :
Ses rivaux en deviennent fous.

Collin lui seul a su me plaire :
Il possède l'art de charmer.
Qu'il ne craigne rien de sa chère :
Jusqu'à la fin je veux l'aimer.

ESTELLA

—

J'aime à voir
Se balancer sur l'onde,
Chaque soir,
Mon amour, mon espoir,
Estella,
Ma vive et prude blonde;
Son bateau
Glisse si bien sur l'eau.
Elle est si belle,
Dans sa nacelle,
La fille unique du pêcheur!
Et, moi, je l'aime
Plus que moi-même,
Car de son cœur
Mon amour est vainqueur,

Quand la nuit
Plane sur nos gondoles,
Vers minuit,
Qu'on n'entend aucun bruit,
Écoutez
Les vives barcarolles
D'Estella
Qui chante, et que voilà!...
Elle est si belle,
Dans sa nacelle,
La fille unique du pêcheur!
Et, moi, je l'aime
Plus que moi-même,
Car de son cœur
Mon amour est vainqueur.

Le matin,
Au lever de l'aurore,
Le lutin
Vient me prendre la main,
Et tout bas
Me dire : « Je t'adore,
« Mon amour,
« Partons! voici le jour. »
Elle est si belle,
Dans sa nacelle,

La fille unique du pêcheur !
Et, moi, je l'aime
Plus que moi-même,
Car de son cœur
Mon amour est vainqueur.

LISE

Lise, toujours si jolie et si bonne,
Que j'adorais autant qu'elle m'aimait ;
Lise devient ingrate et m'abandonne ;
Elle m'oublie, elle me méconnaît.
En quoi, comment ai-je pu lui déplaire?
Son tendre cœur s'est peut-être mépris.
Ah ! j'aime mieux affronter sa colère,
Que supporter son accablant mépris.

J'irai la voir, lui parler par mes larmes,
La conjurer d'avoir pitié de moi;
De notre amour lui retracer les charmes;
Lui rappeler que j'ai reçu sa foi,
Et, si ma voix ne va plus à son âme,

Si mes soupirs n'ébranlent point son cœur,
Si j'ai perdu la plus aimable femme,
Je ne pourrai supporter ce malheur.

Tout est fini, si sa main me repousse,
Si le dédain remplace son amour,
Si son ton bref remplace sa voix douce,
Je la connais : c'est fini sans retour.
Oh! j'en mourrai!... Je sais bien, quoi qu'on dise,
Que je perdrai... que je perds la raison...
Que je suis fou! Mais j'aime tant ma Lise,
Que je ne puis croire à sa trahison.

L'AVEU

De mon rêve d'amour je reconnais l'image :
Elle avait ce maintien, ce port, ce doux visage!
Cette candeur, cette ingénuité,
Ce son de voix, cette naïveté.
Blanche comme le lis, fraîche comme la rose,
Je l'ai vue, hier soir,
Les yeux demi-fermés, la lèvre demi-close.
Qu'elle était belle à voir!

« Tes ravissants attraits ont captivé mon âme.
« Oui, je brûle pour toi de la plus pure flamme.
« C'est mon secret que j'ose t'avouer,
« Pardonne-moi! l'amour fait tout oser.
« J'aime tant tes beaux yeux, ton regard séraphique,
« Qui va chercher le cœur;
« J'aime tant l'incarnat de ta lèvre pudique,
« Ton sourire enchanteur,

« Que j'aime à contempler tes grâces ravissantes!
« De tes beaux cheveux blonds les boucles ondoyantes!
« Ton front si pur, où siége la candeur;
« Et de ton cou l'albâtre séducteur!
« Quand j'entends de ta voix la douce mélodie
« Je me sens soupirer;
« Quand je vois s'incliner ta tête si jolie
« Je voudrais t'adorer.

« Et toi, veux-tu m'aimer de cet amour de femme,
« Qui sait ravir le cœur, qui sait enivrer l'âme?
« De cet amour, qu'on doit avoir aux cieux?
« Je t'aimerai du pur amour des dieux.
« Oh! parle! réponds-moi, divine enchanteresse?
« Ton cœur pousse un soupir,
« Je vois briller tes yeux d'une brûlante ivresse!...
« Va, je t'aime à mourir! »

LA MENDIANTE

Hier je chérissais la vie,
Ma mère m'entourait d'amour :
Hélas ! la mort me la ravie !
Cruel destin ! Funeste jour !
Et tout le monde m'abandonne !
Je n'ai nul soutien ici-bas !
Si vous me refusez l'aumône,
J'aurai le plus affreux trépas.
O passants ! soyez charitables !
La nuit est froide... et j'ai bien faim !
Tendez-moi des mains secourables...
Un asile... Un morceau de pain !

Le riche détourne la tête :
Je le trouble dans son bonheur !
Il court aux plaisirs d'une fête.
L'homme heureux n'a donc pas un cœur !
L'enfant du peuple me regarde
Et s'éloigne, ému de pitié :
Lui-même n'a, dans sa mansarde,
Que le pain de la charité.
O passants ! soyez charitables !

La nuit est froide... et j'ai bien faim!
Tendez-moi des mains secourables....
Un asile... Un morceau de pain!

On n'entend plus ma voix plaintive,
Le frisson me saisit déjà.
Gardez votre aumône tardive,
Demain vous me trouverez là!
Vous viendrez m'y donner, sans doute,
Des soins... des regrets... superflus!...
Car du ciel j'aurais pris la route;
Demain je ne vous dirai plus :
O passants! soyez charitables!
La nuit est froide... et j'ai bien faim!
Tendez-moi des main secourables...
Un asile... Un morceau de pain!

LE TAMBOUR

Je suis tambour, je m'en fais gloire ;
Je marche toujours en avant,
A la tête du régiment,
Et je le mène à la victoire.
Ran! plan! plan! ran! plan! plan!
Et tout le monde file.
Je suis le plus utile
De mon régiment.

Quand les ennemis, pleins d'audace,
Viennent se frotter contre nous,
Ils ne me disent point : « Fais place! »
Mais je sais esquiver leurs coups.
Je m'avance, fier comme quatre,
Disant : « Ne touchez pas au roi! »
Je n'ai pas besoin de me battre :
Les autres se battent pour moi.
Je suis tambour, je m'en fais gloire,
Je marche toujours en avant,
A la tête du régiment,
Et je le mène à la victoire.
Ran! plan, plan! ran! plan! plan,

Et tout le monde file.
Je suis le plus utile
De mon régiment.

Je commande à mes camarades
De s'arrêter ou de partir ;
Dans les plus vives fusillades,
De presser ou de ralentir ;
Quand je commande la retraite,
Ils se retirent à grands pas ;
Quand je veux rien ne les arrête :
En chantant ils vont au trépas.
Je suis tambour, je m'en fais gloire ;
Je marche toujours en avant,
A la tête du régiment,
Et je le mène à la victoire.
Ran ! plan ! plan ! ran ! plan ! plan !
Et tout le monde file.
Je suis le plus utile
De mon régiment.

Notre joyeuse cantinière
Me fait chaque jour les yeux doux ;
Et me dit : « Que je serais fière
De te prendre pour mon époux !
« Je ne suis pas de ces coquettes,
« Je ne raffole pas d'amants. »

Alors elle prend mes baguettes,
Et bat la charge à quatre temps.
Je suis tambour, je m'en fais gloire;
Je marche toujours en avant,
A la tête du régiment,
Et je le mène à la victoire.
Ran! plan! plan! ran! plan! plan!
Et tout le monde file,
Je suis le plus utile
De mon régiment.

Si quelque jours je me marie,
Et que Dieu m'accorde un garçon,
Je veux qu'il serve sa patrie,
Comme il est juste et de raison.
Mais je me donnerai de garde
Qu'au fusil il fasse la cour :
Les fusiliers montent la garde!
Il sera, comme moi, tambour.
Je suis tambour, je m'en fais gloire,
Je marche toujours en avant,
A la tête du régiment,
Et je le mène à la victoire.
Ran! plan! plan! ran! plan! plan!
Et tout le monde file.
Je suis le plus utile
De mon régiment.

LA FILLE DE CHARITE

Où vas-tu? blonde tourterelle!
Seule, par cette froide nuit?
C'est-il le riche, qui t'appelle?
Ou bien l'indigent qui gémit?
Vas-tu, coquette insouciante,
Te livrer à la volupté?
Ou bien, vas-tu, vierge innocente,
Faire en secret la charité?
Ah! prends garde à toi!
Là-bas, dans l'ombre,
Quelqu'un te suit :
Marche sans bruit,
A la faveur de la nuit sombre,
Vers le réduit
Où ton cœur te conduit.

Tu parais si douce, si bonne,
Que je devine ton dessein!
Tu vas apporter ton aumône
A l'indigent qui meurt de faim;
Rendre douce la dernière heure,
Au moribond qui prie et croit;

A l'enfant orphelin, qui pleure,
Porter secours contre le froid.
Ah! prends garde à toi!
Là-bas, dans l'ombre,
Quelqu'un te suit :
Marche sans bruit,
A la faveur de la nuit sombre,
Vers le réduit
Où ton cœur te conduit.

Dis-moi quelle heureuse famille
Te compte parmi ses enfants?
Quel est ton père, ô jeune fille?
Sous tes modestes vêtements
Je reconnais l'enfant bénie
Qui chaque jour orne l'autel.
De la sainte vierge Marie,
Dans le temple de l'Éternel
Ah! prends garde à toi!
Là-bas, dans l'ombre,
Quelqu'un te suit :
Marche sans bruit,
A la faveur de la nuit sombre,
Vers le réduit
Où ton cœur te conduit.

Sous l'humble toit de la mansarde,

Où tes pas sèment le bonheur,
Enfant, le vieillard te regarde
Comme son ange protecteur.
Quand ta main sur sa couche humide
Verse l'or de la charité,
Il te bénit, vierge timide,
Et tu fuis par humilité.
Ah! prends garde à toi!
Là-bas, dans l'ombre,
Quelqu'un te suit :
Marche sans bruit,
A la faveur de la nuit sombre,
Vers le réduit
Où ton cœur te conduit.

Devant toi, noble créature!
Le captif se sent attendrir;
Malgré sa féroce nature,
Son âme s'ouvre au repentir;
En te voyant pleine de charmes
Il sent s'apaiser son courroux;
Moins amères coulent ses larmes;
Moins durs lui semblent ses verroux.
Ah! prends garde à toi!
Là-bas, dans l'ombre,
Quelqu'un te suit :
Marche sans bruit,

A la faveur de la nuit sombre,
Vers le réduit
Où ton cœur te conduit.

. . . . .

Que Dieu te garde, enfant bénie,
De tout indigne ravisseur;
Que la coupe de l'infamie
N'abreuve point ton noble cœur!
En récompense d'une aumône,
Faite avec tant de charité,
Les anges tressent la couronne
Qui t'attend dans l'éternité.
Ah! prends garde à toi!
Là-bas, dans l'ombre,
Quelqu'un te suit :
Marche sans bruit,
A la faveur de la nuit sombre,
Vers le réduit
Où ton cœur te conduit.

L'AMANTE ABUSÉE

Dors, mollement bercé par ton insouciance,
Dors, et rêve au bonheur. Qu'il sourie à ton sort!
Moi, fidèle au regret, rebelle à l'espérance,
Je n'attends de sommeil que celui de la mort.
Il ne me trouve plus jolie!
Amant ingrat! il a pu me trahir...
Pourquoi l'aimer, puisqu'il m'oublie?
Non, non, mon cœur, laisse moi le haïr!

Fantôme décevant, l'amour n'est donc un rêve
Qui m'afflige le jour, et m'obsède la nuit!
Ce Dieu que j'ai chéri... que je combats sans trève,
Je l'appelle et le chasse... Il se montre et me fuit.
Ce n'est qu'une ombre, une chimère,
Que les désirs font naître dans un cœur;
Et dont l'existence éphémère
Donne ou ravit, à son gré, le bonheur.

Mais que sont ces désirs, ces soupirs, ces alarmes,
Dont le souvenir seul cause mon sombre ennui?
Et ce trouble éternel, source d'amères larmes?

Ah! l'amour me torture, et je doute de lui!
C'est que mon aimé m'abandonne!...
C'est que son cœur ne comprend plus le mien!...
Je le maudis!... Je lui pardonne....
Je l'adorais!... Mais il ne m'est plus rien!...

C'en est fait, pour toujours mon âme est solitaire :
J'ai perdu tous ces biens qui m'offraient tant d'appas;
Ces douceurs, que l'amour m'offrait dans le mystère;
Mon cœur ne battra plus, car je n'aimerai pas.
Fuis-moi, fuis l'amante abusée,
Amer regret, dont mon cœur est rempli :
Mon souvenir et ma pensée
Vont demander du repos à l'oubli.

FIN.

Ah! l'amour me torture, et je doute de lui!
C'est que mon aimé m'abandonne!...
C'est que son cœur ne comprend plus le mien!...
Je le maudis!... Je lui pardonne....
Je l'adorais!... Mais il ne m'est plus rien!...

C'en est fait, pour toujours mon âme est solitaire;
J'ai perdu tous ces biens qui m'offraient tant d'appas!
Ces douceurs, que l'amour m'offrait dans le mystère,
Mon cœur ne battra plus, car je n'aimerai pas
Fuis-moi; fuis l'amante abusée,
Amer regret, dont mon cœur est rempli;
Mon souvenir et ma pensée
Vont demander du repos à l'oubli.

FIN.

TABLE DES MATIÈRES

www.ingramcontent.com/pod-product-compliance
Lightning Source LLC
Chambersburg PA
CBHW071105260626
47162CB00006B/2214
* 9 7 8 2 0 1 3 7 3 8 1 2 5 *